U0132933

百年
中华奥运梦 *1*

夏天岛 编绘

——从1908到2008

纵览百年中华奥运之路，尽享今日中华奥运辉煌！

中国人不是"东亚病夫"

21 二十一世纪出版社
21st Century Publishing House

✲SUMMER✲
WWW.summerzoo.com

图书在版编目（ＣＩＰ）数据

中国人不是"东亚病夫" / 夏天岛编绘.南昌：二十一
世纪出版社，2008.8
(百年中华奥运梦：从1908到2008)
ISBN 978-7-5391-4314-9

Ⅰ.中… Ⅱ.夏… Ⅲ.①奥运会－历史②体育运动史－
中国 Ⅳ.G811.219 G812.9

中国版本图书馆CIP数据核字（2008）第113950号

杭州夏天岛影视动漫制作有限公司独家授权出版

中国人不是"东亚病夫"/夏天岛 编绘

责 任 编 辑	周向潮	
责 任 校 对	张波虹	
策 划 人	姚非拉	
装 帧 设 计	夏天岛	
出 版 发 行	二十一世纪出版社(南昌市子安路75号 330009)	
	www.21cccc.com cc21@163.net	
出 版 人	张秋林	
经 销	新华书店	
印 刷	江西华奥印务有限责任公司	
版 次	2008年8月第一版 2008年8月第一次印刷	
开 本	880mm×1310mm 1/32	
印 张	4	
印 数	0001-8200	
书 号	ISBN 978-7-5391-4314-9	
定 价	15.00元	

（如发现印刷质量问题,请寄本社图书发行公司调换。）

Contents 目录

序

时间是一百年前。

1908年10月，天津第6届校际运动会。13个学校参与比赛，参赛选手146人，吸引了众多的官员、社会人士和学生前来观看。这场一百年前的学生运动会在当时也算隆重了，但是并没有诞生任何值得记载的体育记录，也没有涌现什么后米的运动明星，本来应当在偃旗息鼓之后，迅速被淹没在岁月的烟尘里。

然而这次运动会注定以其独特的方式成为中国历史上一场值得永久纪念的独一无二的运动会。当时在操场的墙上贴出了三幅醒目的大字标语：

什么时候中国能派出一成绩优秀的运动员去奥运会？

什么时候中国能派出一成绩优秀的运动队去奥运会？

什么时候中国能邀请世界各国到北京来举行奥运会？

❀ "奥运三问"

同年的《天津青年》也刊登了一篇名为《竞技体育》的文章，重申了以上三个问题。这场特殊的运动会，可以理解为中国人奥运梦的起源。

　　奥林匹克，这个古老而崭新的名字，发源于古希腊，而在19世纪被法国人顾拜旦复兴于欧洲。"更快、更高、更强"的现代奥运会精神对于当时尚处于清朝统治下的中国来说，不仅仅是一种对人类自身体能极限的挑战，更隐含一个民族、一个国家自强不息的渴望与梦想！

　　然而，作为一个曾经内忧外患、国弱民衰的东方人口大国，奥林匹克运动会似乎离我们很远很远。曾几何时，参加奥运会可以说是中国人的一种奢望，在中国举办奥运会更是一种接近空想的天方夜谭。

　　这仰天长叹般的三个问题，在当时根本无法回答。

　　然后，岁月蹉跎了整整一百年。

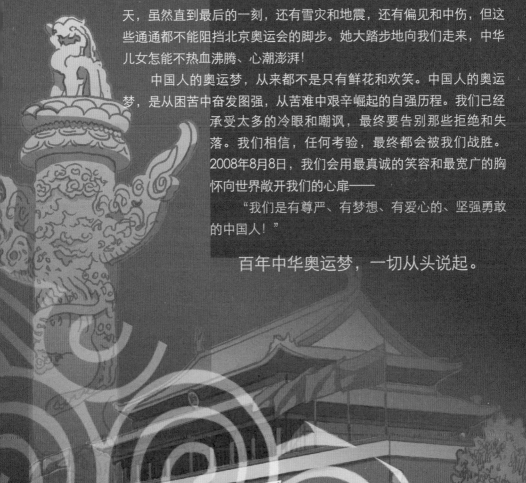

　　2008年的夏天，全世界的中华儿女终于迎来了梦想成真的一天，虽然直到最后的一刻，还有雪灾和地震，还有偏见和中伤，但这些通通都不能阻挡北京奥运会的脚步。她大踏步地向我们走来，中华儿女怎能不热血沸腾、心潮澎湃！

　　中国人的奥运梦，从来都不是只有鲜花和欢笑。中国人的奥运梦，是从困苦中奋发图强，从苦难中艰辛崛起的自强历程。我们已经承受太多的冷眼和嘲讽，最终要告别那些拒绝和失落。我们相信，任何考验，最终都会被我们战胜。2008年8月8日，我们会用最真诚的笑容和最宽广的胸怀向世界敞开我们的心扉——

　　"我们是有尊严、有梦想、有爱心的、坚强勇敢的中国人！"

　　百年中华奥运梦，一切从头说起。

1

奥运传入中国

现代奥运会的复兴

根据现代史学家的考证，有文字记载的古代奥运会从公元前776年开始，终止于公元393年，每隔4年在夏天举行一次，总共举行了293届。古希腊人民厌恶连年不断的城邦战争，渴望和平，希望在奥运会举办期间，以神的名义实行休战，以达到减少战争，摆脱灾难的目的。

直到基督教正式成为了罗马帝国的国教，有着强烈希腊宗教色彩的古代奥林匹克运动会划上休止符，前后历时1169年。

从古代奥运会的消失到现代奥运会的复兴，又经历了1500余年。1896年，第1届现代奥运会在希腊的首都雅典开幕。说起现代奥运会的复兴，不得不提到"现代奥林匹克之父"——皮埃尔·顾拜旦。正是由于他的远见卓识和锲而不舍，才使得奥林匹克运动会重新登上历史舞台。

每枚奖牌的正面图案均为头戴桂冠的希腊胜利女神 Nike

现代奥林匹克之父
——顾拜旦

皮埃尔·顾拜旦（1863~1937），法国巴黎人，男爵。他是现代奥林匹克运动会的发起人，奥林匹克会徽及会旗设计者。他不仅是世界著名的国际体育活动家，同时也是卓有成就的教育学家和历史学家。

5

第一章　奥运传入中国

顾拜旦20岁那年，自费前往英国考察，他要亲眼看一看自己从少年时起就憧憬的地方。他详细了解了英国体育教育的现状，对学校安排的体育课、课外体育活动和经常性的郊游十分赞赏。这次考察验证了顾拜旦少年时代心中的理想——对自由、美满生活的向往。

顾拜旦在英国

回国后，顾拜旦陆续发表了一系列文章，提出了不少改革教育和发展体育的建议。在《英国与法国的教育之比较》一文中，他热情洋溢地呼吁："让我们在城市的中心开设先进的体操馆，沿着法国的河流开辟游泳区吧！让法国的孩子们玩五花八门的民众集体游戏吧！更为重要的是体育教育绝不能军事化，体育运动是和自由连为一体的。"

1891年，他创办了《体育评论》，积极宣传复兴奥林匹克的理想，为推动奥林匹克运动复兴做了大量而广泛的思想动员。

顾拜旦开始酝酿复兴奥运会的设想之后，他的精神导师狄东神父提出了"更快、更高、更强"的口号。顾拜旦非常欣赏和赞同这个口号，便决定把它作为国际奥林匹克运动的格言。因为它体现了人类永远向上、不断进取的精神。

❀ 顾拜旦和狄东神父

❀ 顾拜旦在希腊演讲

1894年10月，顾拜旦赶往希腊。他尽最大的努力进行游说，说服希腊的王室同意在雅典举办第1届奥运会。顾拜旦是一个天才演说家，嗓音洪亮、中气充沛，再加上具有穿透力的炯炯目光和富有感染力的手势，深深地折服了聪慧而敏感的雅典人。

顾拜旦说:"古希腊是人类文明的源头,恢复古希腊的光荣传统是雅典的骄傲,奥林匹克运动会能给全世界的青年提供一个兄弟般幸福见面的机会,消除种族间的仇恨,把文明的国家从野蛮的种族奴役中拯救出来,从而促进全人类的和平。"

希腊的乔治王子表示愿意全力支持顾拜旦,把雅典奥运会当做全希腊的头等大事来抓,并亲自担任名誉主席。现代奥运会就这样诞生了。

历史会告诉后人,顾拜旦的努力并非仅仅促成了一个体育运动会的召开,他给人类留下的是一份无法估量的巨大财富。

第1届奥林匹克运动会

现代体育在中国的启蒙

　　20世纪初，国际大型体育运动开始走进古老而封闭的中国，国内的中外体育赛事渐渐多了起来，中国运动员也开始走出国门参加亚洲地区的国际体育文化交流活动，现代体育运动精神逐渐在中华大地上生根发芽。

　　对于一直背负"东亚病夫"称号的中国人而言，能在体育比赛上战胜外国人，是那个年代体育比赛的一个最大兴奋点。

中国人战胜日本人

　　1905年，上海青年会举行了第一次大规模的公共田径运动会。参赛的运动员主要来自各大院校，还有社会上的体育爱好者和一些外侨，观众多达5000人。体育家马约翰当时也参与了该运动会。

　　就在这场运动会上，中国人战胜日本人成为观众们兴奋的焦点。

体育家马约翰当时参与了该运动会，和外国选手比赛。

在1英里赛跑时，激情达到最高点。总共有63名选手参加这项比赛。

看哪，那几个人是日本人！

神气什么……

跑！

加油！

加油！

到了第3圈，有4个高大的日本人开始平行着跑在最前面。

马约翰的一个朋友紧紧跟在他们身后。

他自己则落后一截。

呼！呼！

不行啊！其他人都被扔下很远……

想赢就得拼了！

哒！哒！哒！

日本！

加油！

接着，马约翰开始加快速度，几秒钟后赶上了他的朋友。

老兄！再加把劲！

你说得轻松……

唅……唅……

那4个日本人故意并排跑，占据了整个跑道的宽度。

必须把握最佳时机超过他们。

加油！

加油！

就是现在！

跟上我！

喂——！

成功了！

嗨！

学生队打败英国 "足球王"

这一时期，国内的中外足球赛事比较多，双方各有胜负，尤其是中国球员的表现更为出色。

1906年，在北京天安门广场前的英军驻地足球场举行了一场中外足球对抗赛。一方是北京通州协和书院足球队，一方是号称"足球王"的英国驻华陆军足球队。书院队的队员都是在校学生，他们没有统一的比赛服装，身着中式的白布小褂和大裤衩，脚穿布鞋，头上盘着辫子。比赛开始后，训练有素、技术熟练的书院队队员与英国驻华陆军队队员展开了扣人心弦的拼争。最终，书院队以2:0战胜了英国驻华陆军队。

这一时期，国内的中外足球赛事比较多，双方各有胜负，尤其是中国球员的表现更为出色。

1906年，在北京天安门广场前的英军驻地足球场，举行了一场中外足球对抗赛。

一方是身着中式白布小褂，脚穿布鞋，头上盘着小辫的北京通州协和书院足球队。

一方是号称"足球王"的英国驻华陆军足球队。

最终，书院队以2:0战胜了英国驻华陆军队。

中华棒球队扬威旧金山

　　1873年，清朝政府派出30名青少年学生赴美留学，其中包括后来成为铁道工程师的詹天佑。这30名小留学生在美国组建了第一支中华棒球队。这支队伍以投手的水平最高，扎着辫子的中国学生，在运动极不方便的情况下，依然创下不少佳绩，成为19世纪末一支声望不错的球队。有人为了运动方便剪了发辫，清政府为之大怒，下令召回留学生。这批留学生在旧金山等船的时候，与当地的奥克兰队进行了著名的一战，痛宰对手，名噪一时。当时队中除詹天佑之外，得分最多、表现最好的球员是后来的驻美公使梁敦彦。梁敦彦球技超群，在麻州菲利普学校念书时就是该校棒球队的绝对主力，名气很大。后来梁敦彦被清政府派为驻美公使，有一次，美国总统问他，是否知道一位来自中国的著名棒球选手，梁敦彦表示"就是我本人"，自此外交工作一帆风顺。他在任期间在修改华工条约，索还庚子赔款，赎回粤汉铁路等外交事件上，功不可没，可谓是中国体育外交的先驱人物之一。鸦片战争后，大批西方传教士进入中国，建立了很多教会学校，棒球经由这些渠道，以及留美、留日的学生及华侨引进，逐渐在中国发展起来。

1881年，首批留学生因剪发辫和穿洋服而激怒了当时的清政府，被召回国。

美国旧金山码头

嘿！中国人！听说你们的棒球打得不错啊。

有胆和我们较量一下吗？

啊！

我看他们是不行哦！哈哈！

听说你们当中有个叫詹天佑的打得不错，我看是唬人的吧？

反正回国后也没机会打棒球了！

到底打不打啊？胆小鬼！

好！就陪你们玩玩了！

好像是中国人呢！

这场比赛还蛮精彩的！

这帮留学生还真是不错啊！不过对手可是奥克兰队啊！

中华棒球队战胜了当地小有名气的奥克兰队，在美国引起了不小的轰动。

民族大侠霍元甲

　　1909年5月，英国人奥皮音在上海张园摆设擂台比武，连续几天在各大报纸刊登广告，态度十分傲慢。上海爱国同胞目睹洋人在中国土地上的嚣张气焰，义愤填膺。他们驰电天津，亟邀津门武术大师霍元甲南下对擂。霍元甲闻讯南下。奥皮音知道霍元甲武艺高强，于比赛当日凌晨，偷偷逃离上海。消息传出后，人们无不为之拍手叫好。

　　后来霍元甲为洗雪"东亚病夫"之耻，使四万万同胞身强体健，振奋精神，救国家于疲弱，决定抛弃传统的武术门户之见，在上海创办"中国精武体操会"，将祖传"迷踪艺"拳法毫无保留地奉献于世。

上海，
1909年5月

还有哪个中国人敢上来送死！！

气愤！　气愤！

气愤！

这英国人太嚣张了！只有请出霍元甲才能打败他！

那赶快写信请霍师傅来上海啊！

天津

我们中华儿女，绝对不可以被外国人肆意凌辱！

碰！

轰隆隆

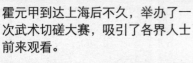
霍元甲到达上海后不久，举办了一次武术切磋大赛，吸引了各界人士前来观看。

多谢大家前来观看我中华武术大赛，现在比赛开始。

第1位挑战者是精通李家拳的李师傅，不到3个回合就被霍师傅打败。

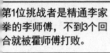

接着上海的王师傅也甘拜下风了。

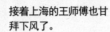

霍师傅轻松获胜，尽显一派武术大师风范。

果然是个武术高手……实在太厉害了！

我看我还是回英国去吧……

英国大力士

国人欲拒辱，必当自强！

愿海内同胞振奋精神！

加入斯道，强魄健体！

使我中华大地，再现勃勃生机，使四万万之众，皆成健儿，中华必将振兴，民族必有希望。

——霍元甲

上海精武体育府馆

霍元甲为洗雪"东亚病夫"之耻，救国家于疲弱，决定抛弃传统的门户之见，在上海创办"中国精武体操会"。他不但教授武艺，更发展现代体育运动，为中国现代体育运动启蒙起到巨大作用！

"国人欲拒辱，必当自强，愿海内同胞，振奋精神，加入斯道，强魄健体，使我中华大地，再现勃勃生机，使四万万之众，皆成健儿，中华必将振兴，民族必有希望。"

——霍元甲

1909年夏，霍元甲和被称为精武四杰的陈公哲、陈铁生、卢炜昌、姚蟾伯，在上海创办"中国精武体操会"。

精武体操会开办后，每天来习武者络绎不绝。霍元甲对来者一视同仁，悉心指导，倾力相教。

霍元甲去世后，在上海各界爱国人士的支持下，霍元甲的徒弟刘振声、陈公哲、陈铁生、卢炜昌等人在十分艰难的条件下继续着精武事业。霍元甲的弟弟霍元卿、儿子霍东阁也从天津赶到上海，帮助主持精武会务，指导教授技艺。

1916年，位于提篮桥倍开尔路（今惠民路）73号的精武新会馆落成，精武体操会正式易名为"精武体育会"。精武体育会后来发展成为全国性组织，拥有学员数10万人之多，为发展中国的体育事业做出了巨大的贡献。

25

霍元甲在教授技艺

▶中国奥运思想的启蒙地
——天津

中国注重体育
第一人

张伯苓

26

中国最早了解、关注和宣传奥林匹克运动的，是被誉为"中国注重体育第一人"的著名教育家张伯苓。他出生于天津，原名寿春，字伯苓。1889年考入北洋水师学堂，较早接触西方现代体育，在学校的时候他爬桅杆最快，因此有很大的知名度。

第三届奥运会
美国圣路易斯

1904年

1907年，张伯苓在天津开办了南开学校，1919年又创办了著名的南开大学。他十分注重学校体育教学，认为"教育里没有了体育，教育就不完全"。张伯苓早年和天津基督青年会关系密切，认识很多青年会的美籍工作人员，包括世界跳高名将霍克、全美橄榄球队中锋格林等。1909年张伯苓当选天津青年会的董事，1911年出任董事长。

早在20世纪初，张伯苓就通过青年会的美国人听说了奥林匹克运动。

1904年，第3届奥运会在美国圣路易斯举行，这件事成为了青年会内美国人热烈谈论的话题，引起了张伯苓的极大兴趣。张伯苓花了更多的精力来关注奥林匹克运动，并把奥运与中国的体育现状联系起来，做了深入的思考。

张伯苓曾在天津第5届校际运动会的颁奖大会上讲述了关于雅典奥运会的一些情况，也给中国运动员提了建议。他指出，从中国运动员的天资来看，很有可能成为世界上最好的运动员，但现在我们中国最需要的是技术指导。他还在这次演说中特别提到中国要组建代表队参加奥运会。

🏅 张伯苓在颁奖大会上讲话

天津第五届校際運動會頒獎

张伯苓

27

第四届奥运会
英国伦敦
1908.4~1908.10

1908年4至10月，第4届奥运会在英国伦敦举行。这届奥运会开始走向正规，充分展现了奥运风采。参赛的运动员来自世界五大洲，参加总人数接近前3届参加人数的总和。对此，国内媒体予以明确的报道，并在天津的一些学校中激起了奥运的热潮！

体育演讲会 天津
1908年10月22日

张伯苓向学生们讲奥运见闻

　　1908年8月，张伯苓作为直隶省代表应邀去美国参加世界第4次渔业大会，会后他顺道去看了正在伦敦举办的第4届奥运会。他看到了大会现场的盛况，感慨颇深。第二年回国后，他便向学生们讲述了他在奥运会上的所见所闻所感。

28

饶伯森放映奥运会的幻灯片

　　1908年10月22日是天津第6届校际运动会的颁奖及体育演讲会时间。青年会组织各界人士观看伦敦奥运会的幻灯片，饶伯森先告诉国人奥运会每4年举办一次，并用反光镜演示了奥运会的幻灯片。这更加形象地让国人了解到了奥运会的概念。

　　天津是中国最早萌发奥运情怀的城市，张伯苓率先介绍和呼吁中国人参加奥运会，其中天津基督教青年会则发挥了至关重要的推动作用。

第一章 奥运传入中国

▶ 首届全国运动会

　　奥林匹克运动在中国的传播，是从中国人接受现代西方体育并了解、关注、向往奥运会开始的，进而逐步发展到仿照奥运会的模式，举办了首届全国运动会。

　　1910年10月，第1届全国运动会在南京举行，当时叫"全国学校区分队第一次体育同盟会"。前后共5天，参观的人数有4万多人，在当时可以说是非常壮观。全国运动会是在奥林匹克运动的影响和带动下召开的，以参与奥运会为目标，竞赛项目基本参照奥运会的比赛项目设立，主要的筹备和组织工作也初步显示了奥运会运作模式的基本情况。

🏅 全国学校区分队第一次体育同盟会

29

第一章　奥运传入中国

上海基督青年会

🏅跳高比赛

上海基督青年会是首届全国运动会的发起和主办者。它于1910年9月在《中外日报》上登载了《中国运动大会之先声》，强调以往中国没能参加奥运会的耻辱和悲哀。这次运动会是适应世界竞争的大趋势，学习西方各国每4年举办 次奥运会，推进体育事业的一个创举。文章字里行间洋溢着向往奥运，学习奥运，参与奥运的赤诚与激情。

首届全运会以奥运为榜样，是一次全国范围的、带有综合性运动项目比赛形式的运动会。全运会的财政开支约2500美元，由基督教青年会负担。各运动队按不同地区分为5个组，参赛的运动员有140多人。

因为是首届全国运动会，难免存在许多不足之处。比如说，在进行接力赛跑的时候，已经是下午6点多了，天色已经暗了下来，运动员之间难以看清楚彼此，所以他们采取拍手的方法来交接，结果很多人还是拍错了。

🏅靠拍手代替交接的接力跑比赛

首届全运会不仅在规模上是空前的，更重要的是比赛项目与整个大会的组织方法和过去的运动会相比有质的变化。它以田径、球类等近代体育中较正规的项目及竞赛方法进行比赛，清末流行的各种兵操、器械操及游戏等项目都被取消了。它标志由西方传入中国的近代体育项目有了一个飞跃。

▶ 远东运动会

　　远东运动会，原名"远东奥林匹克运动会"，是亚洲地区最早的国际体育比赛活动，也是"亚洲运动会"的前身。它由菲律宾、中国和日本的基督教青年会发起和组织。

　　1913年2月，第1届远东运动会在菲律宾首都马尼拉举行。来自中、菲、日三国的选手参加了这届比赛。比赛项目有田径、棒球、篮球、排球、足球和网球等7个项目。

　　此次赴菲的中国代表队，由北部各学堂选15人，长江流域汉口至上海地区选派10人至12人，广东、香港派出足球队及其他竞技者20人；随队者有专门体育监督1人，同行者还有北京清华学校监督唐介臣、聂管臣及天津的朱神惠博士等人，这是中国首次参加规模较大的国际性比赛。

　　中国队出征远东运动会引起了社会各界的关注，反响很热烈。他们不仅在经费上得到了支援，还在精神上受到了极大的鼓舞。

出发这天，大约有三四千市民在乐队的伴奏下前来送行。

一群女学生也前来为他们的英雄送行，并唱起了国歌。

数个世纪以来，中国女孩子一直不被允许在公开集会中抛头露面，所以这些姑娘的出现意义非凡。

当船离开时，欢呼声响彻天际。

中国！必胜！

必胜！

比赛期间，每个人都急切地想早点看到报纸上有关赛况的消息。最终，菲律宾队得分最多，获得冠军，中国队获得亚军，日本获得季军。

1913年远东运动会的成功，意味着具有3000年历史的奥林匹克文明终于在亚洲登陆。继首次组队参加第1届远东运动会后，中国上海先后承办了第2届、第5届和第8届远东运动会。从全运会到远运会，人们开始接触奥运，并萌生积极的追求。全国掀起了体育热潮。

2

ZHONG GUO REN

中国人

CHU DENG AO YUN SAI CHANG

初登奥运赛场

中国国家奥委会的组建

国家奥委会（NOC）是按照《奥林匹克宪章》的规定建立起来的，并得到国际奥委会承认的，负责在一个国家或地区开展奥林匹克运动的组织。它是国际奥林匹克运动的基本功能单位，是一个国家或地区奥林匹克运动唯一的合法的组织者和领导者。

▶与国际奥委会的早期关系

加纳支五郎致词

中国体育运动与国际奥运的直接联系，萌发于1915年5月上海主办的第2届远东运动会前夕。当时上海的报刊就报道了国际奥委会致电上海青年会，邀请中国派遣代表出席国际奥委会会议，并派运动员参加1916年柏林奥运会的消息。后来因为第一次世界大战爆发，这届柏林奥运会被取消了。

1921年，上海再次主办第5届远东运动会，国际奥委会派遣日本籍委员加纳支五郎作为代表，出席了开幕式并致词。这是中国与国际奥委会的首次直接接触。

▶国际奥委会第一名中国委员

——王正廷

王正廷（1882~1961），字儒堂，浙江奉化人，著名社会活动家、体育家。

1921年，参加过凡尔赛条约谈判的职业外交家王正廷，被顾拜旦及同僚选中在中国推广奥林匹克运动。1922年，他成为国际奥委会第一名中国委员。

依据国际奥委会的惯例，一个国家或地区应先组成国家奥委会，才可以派选手参加奥运会。如果没有国家奥委会就不可能提名国际奥委会委员。中华业余运动联合会以中国奥委会名义被国际奥委会承认，正式展开了中国的奥林匹克工作。

1924年，"中华业余运动联合会"和"中华体育协会"合并为"中华全国体育协进会"，得到国际奥委会的继续承认。

1924年
中华业余运动联合会
中华体育协会
合并为
中华全国体育协进会

▶ 全国体协在艰难中开辟中国奥运之路

1925年

全国体协刚成立的时候，经费不足，连固定的会址都没有，只好借用《申报》馆的房子为临时办公处。1925年，全国体协在青年会的帮助下，租借了上海法租界137亩土地，经社会捐助才逐步建成一座综合性公共运动场，内有田径、足球、棒球、篮球、网球等场地，名为"中华运动场"。

在困难重重的情况下，全国体协担负起领导中国体育工作的重任。1924年，制定了"体育工作范围"，全国体协在有关奥林匹克运动方面，不遗余力地做了大量工作。中国与国际奥委会的联系日趋紧密，奥运三问中的第一问，即将得到解答。

中华运动场

中国奥运第一人——刘长春

▶粉碎日本扶持"伪满"参加奥运的阴谋

1932年7月，第10届奥运会在美国的洛杉矶举行。这时候中国的形势非常严峻。一方面，国民党政府正在对中国共产党领导的革命根据地发起第4次大"围剿"；另一方面，日本帝国主义在长春建立所谓的"满洲国"傀儡政权。各界民众群情激愤，掀起了广泛的抗日救亡热潮。

✿ 学生的抗议行动

1932年3月起，东北地区不断传出消息，日本政府打算派著名田径运动员刘长春、于希渭作为伪"满洲国"的代表，参加第10届奥运会的比赛，以骗取国际社会对伪"满洲国"的承认。刘长春不甘受伪"满洲国"摆布，义正词严地指出：我是中华民族的炎黄子孙，作为一个中国人，我绝不代表"满洲国"参加第10届奥运会。伪报所传播的，都是他们虚构的谎言。6月，他在天津《体育周报》上发表态度："良心尚存，热血尚流，岂能叛国，做人牛马。"张学良非常赞赏刘长春的态度，对他说："你的声明我看过了，说得好，有中国人的骨气。"

✿ 刘长春不甘受伪"满洲国"摆布

▶ 出征奥运会的第一个中国人

刘长春，1909年11月出生于辽宁大连河口，从小爱好体育。上小学时就以100米11秒8和400米59秒的成绩，创造了大连小学生中短跑最新记录。刘长春在学期间意志顽强，发誓要在田径跑道上创造好成绩，为中国人争光。由于家庭生活拮据，刘长春读了一年中学后就辍学，进了一家玻璃厂当画工。

刘长春极具运动天赋，1927年12月，东北大学体育部部长孙庆博让他进入东北大学体育系学习。从此，他和体育事业相伴终生。

为了粉碎日本派伪"满洲国"参加奥运的阴谋，北平和天津体育界爱国人士挺身而出。当时政府不重视奥运，体育界只能自己想办法。

在北平和天津体育界的努力下，全国体协会长张伯苓表示赞同，于是体育界一致决定派刘长春等代表中国参加第10届奥运会。1932年7月1日，东北大学体育专修科在北平举行第1届毕业典礼。校长张学良在会上郑重宣布，指派刘长春、于希渭为运动员，宋君复为教练员，代表中国参加第10届奥运会。

童年的刘长春

　　刘长春出生在辽宁省大连市平岛区的一个贫农家庭，小时候在大连流沙河中心小学读书。每天放学后，中国孩子和日本孩子经常起冲突。中国孩子里年龄数他最大，所以他经常替受欺侮的中国孩子出头。日本老师知道此事后就重重地煽他耳光。从此刘长春在心里暗暗下决心，要为中国人争口气。

▶ 只有一名运动员的奥运代表团

　　为了筹集必需的经费，东北大学体育专修科主任郝更生四处奔走，得到了天津市长张学铭和东北大学秘书长宁恩承的大力帮助。张学良在关键时刻慷慨解囊，赞助华银8000元，约合美金1600元。

东北大学体育专修科毕业典礼

　　1932年7月1日，东北大学体育专修科第1期毕业典礼后，郝更生派刘长春的同学前往大连寻找于希渭。由于日伪的阻挠和监视，这个计划没有成功。因为联系不到于希渭，只好派刘长春一人前去参加比赛。考虑到刘长春不懂英语，全国体协派了宋君复担任刘长春的教练，和他一起去美国。

　　1932年7月8日，上海新关码头挤满了数百名民众，热烈欢送中国体育代表团去美国参加奥运会。9点，刘长春等来到了码头，现场顿时一片欢腾。

　　刘长春一行离开上海的当天，上海有报纸借用《三国演义》中关羽"单刀赴会"的情节，刊出了一幅刘长春乘一叶小舟单刀赴会的漫画，非常震撼人心。

　　仿佛是冥冥之中的刻意安排，此时距离天津第6届校际运动会已经过去24年，当年写在墙上的第一个问题"什么时候中国能派出一成绩优秀的运动员去奥运会"已经有了答案——

　　奥运会上终于将出现中国人的身影了，人数恰好就是一个。

赴美参加奥运会

刘长春单刀赴会

我们代表中华民国

刘长春他们乘坐的轮船到达日本神户时，到港口迎接的只有几十个人，没有什么热情的场面。有个日本记者发问：你们是代表中国还是代表"满洲国"呢？刘长春等当即就严正声明：我们代表中华民国。过了几天后，日本一家报纸登出了他们的照片，并说明是代表"中华民国"。

几天后，邮轮抵达美国的檀香山。和在日本比起来，这里就像到了另一个世界，来港口迎接的华侨有好几百人。而当邮轮到旧金山的时候，前来港口欢迎的群众有好几千人。当地市长还亲自赠送了"市钥匙"作为礼物。

登岸后，他们坐着插有中、美两国国旗的大轿车，直接前往唐人街，举行欢迎式。当晚，他们在奥运村升起了"中华民国"国旗。

历时22天的海上行程，威尔逊总统号邮轮终于在7月29日下午4时抵达洛杉矶港。刘长春等同样受到了热烈的欢迎。

受到美国人民热烈欢迎

▶ 短暂的比赛

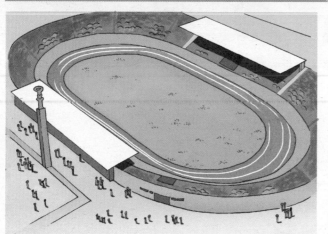

1932年7月30日下午，第10届奥运会在美国洛杉矶举行了隆重的开幕式。由于世界性经济危机的影响和美国地理的偏远，参加那届奥运会的国家和运动员的数量锐减，参赛代表团仅37个，参赛运动员1332人。由337人组成的美国队几乎占了总人数的1/4。

❀ 洛杉矶奥运会开幕

中国代表团排在第9位入场，前面是刘长春高举"中华民国"的青天白日旗，随后是领队沈嗣良，教练宋君复、团员刘雪松、申国权、托平等4人并排在最后。中国代表团经过的地方，观众欢呼声随之而起，好像有种特殊的感情在里面。

❀ 中国代表团排在第9位入场

短暂的比赛

　　7月3日，在男子100米跑的比赛中，刘长春起跑迅速，前50米保持领先。但是由于旅途劳顿，而且长期没有得到训练，在约80米的地方体力下降，被其他人超过。最终美国人辛博森以10秒9的成绩获得第一名。

第10届奥运会男子100米预赛的枪声打响了！

选手们像猎豹一样地向前冲！！

辛博森在这组里应该会有很大的优势……

慢着！

领头的不是辛博森！

是个中国人！

是中国的刘长春！

呼！

呼！

糟了……

到达的第2天就投入奥运会开幕式……

体力根本没有恢复！

最终，刘长春落到了第4位，被遗憾地淘汰出局，没能进入决赛。

中国人的第一次奥运征途到此结束。

▶ 代表团归国 失败与收获

代表团回国

　　1932年8月21日，出席第10届奥运会的中国代表团一行4人，乘柯力芝总统号轮船离开美国，经过25天的航行后抵达上海，受到各界热烈的欢迎。

王正廷和刘长春

　　王正廷在上海设宴款待了他们。席间，王正廷激动地说：我国虽然仅派了一名运动员及少数代表出席本届奥运会，但能和列强国家的运动员站在同一个水平线上比赛，一视同仁，并得到了各国人士的极力声援，甚为感激。

　　刘长春和宋君复在上海接受记者采访时表示："这次到美国参加奥运会，事前没有任何的准备，导致没有取得任何奖牌，回国后感到非常惭愧，希望能得到大家的谅解。今后一定会努力训练，争取在下届奥运会能有所表现。""这次参加奥运会并不是由国民政府派遣的，所有费用都是私人提供的，所以我仅代表我们中华大地的人民。""令我们非常感动的是美国人民的热情和无微不至的关怀。在我失败后他们还来和我握手。"

美国运动员和刘长春握手

3

ZU TUAN CAN JIA
组团参加

BO LIN AO YUN HUI
柏林奥运会

为战柏林而准备

1931年5月，在国际奥委会第30届全会上，德国的柏林击败西班牙的巴塞罗那，获得了1936年第11届奥运会的主办权。

这次，南京国民政府对奥运会的态度积极，接受邀请并决定组织一个较大规模的代表团出席赛会。

到了30年代中期，中国经济发展速度较快，经济实力有所增强，进而加大了对体育方面的投入。与此同时，日本为扶植伪满洲政权，非法解散了远东运动会，激起中国民众的愤慨，各界渴望中国体育健儿能在奥运会上弘扬国威。

民众积极支持奥运

困难的经费筹集

1935年11月1日，中华全国体育协进会向教育部递交"参加世界运动会大体计划"，对备战第11届奥运会做了进一步的具体安排，经费预算约17万元，其中3万元为筹备及训练费用。

在筹集组团参赛的费用时，全国体协遇到了严重困难。1935年11月，全国体协向政府申请预算17.2万元，蒋介石大笔一挥，慷慨地予以批准，财政部如数拨付。不久，教育部将"体育考察团"的30多人编入奥运代表团，结果导致经费严重不足。1936年3月，王正延只好致函蒋介石，说明出席本届世界运动会经费还少5万元。这次蒋介石又带头捐了一笔钱，行政院也从办公费中赞助3000元。接着，全国体协又向社会各界人士募集了3万余元，张学良也再次慷慨捐助，商震、龙云等国民党军政要员也解囊相助……经过一系列努力，还差1万左右，只有靠代表团举办表演赛的门票收入来解决。

即便如此，代表团也不得不处处精打细算，算盘精到通知正在英国学医的施正信直接前往德国，担任代表团唯一的随团医生，能省下一点路费也是好的。

多方捐款助奥运

运动员的选拔和训练

51

1936年4月20日至5月20日，由总教练马约翰主持，在清华大学举办了优秀田径运动员训练班，参加训练的有22人。训练中进行过5次测验，成绩及格的20人。其中符保卢的撑杆跳高成绩4.015米和陈宝球的铅球成绩12.975米，都打破远运会记录。男子800米跑、1500米跑、110米跨栏和跳高的成绩也打破了全国记录。

这次全国体协高度重视参赛运动员的选拔工作，较集中的大型选拔测验就有两次。1935年8月在山东大学举办了体育夏令营，体协还特地聘请了德国田径专家WILELM LOWEWIG，以及其他中外体育专家前往进行现场指导。

破记录的一跳

▶艰辛的旅程

要是今天某个奥运代表团要靠打工挣外快去参加奥运会，恐怕会变成大新闻，不过当年的中国代表团就是这么干的。

为筹集资金和积累经验，中国足球队提前两个多月，于1936年5月2日从上海乘船出发，经香港赴越南、新加坡、印度尼西亚、马来西亚、缅甸和印度等国，一路上边踢球边筹款。总共进行了27场比赛，其中胜23场，平4场，保持不败。比赛中，进球113个，失球27个，净胜球86个。请注意，这样优秀的成绩是在长途旅行中高密度地完成的，真是不能不佩服当年中国国奥队的神勇。

足球队合影

　　代表团在海上航行了25天，一路上海浪滔滔，船颠簸得很厉害，不少人晕船呕吐，受尽折磨，搞得筋疲力尽。7月9日，邮船离开孟买途径阿拉伯海时，遇狂风巨浪，船体剧烈摇摆，在甲板上欣赏海景和在吸烟室里谈笑游乐的选手们纷纷躲到卧室里，哼的哼，怨的怨，还有许多把胃里的苦水都吐出来了。就这样折腾了4天，风浪才渐渐平静下来，人们好像在监牢中遇到了特赦。队员们担心如此劳累，到了柏林后只有一周的休息时间，不能把元气恢复过来。

　　在威尼斯休息一天后，代表团在22日早上改乘二等硬座火车，途经奥地利，于当晚7时30分到达德国的慕尼黑市。在慕尼黑短暂参观后，代表团又坐了一夜火车，终于在7月23日上午9时15分到达柏林。

中国代表团到达柏林

带着民族精神征战奥运

▶ 惨败的战绩

从8月2日到9日，中国队23名运动员分别参加了十几项田径赛，除了撑杆跳选手符保卢1人达标参加复赛以外，其余的均在第一轮被淘汰。举重、自行车、游泳、拳击等比赛都以明显的实力差距被淘汰。

54

▶ "不同凡响" 的中国足球队

这届奥运会足球比赛采取单淘汰制。中国队首次亮相，就遇到现代足球的鼻祖英国队。当时的中国足球队是亚洲的超级强队，曾在10届远运会上获得9届冠军和1届亚军。足球队中人才济济，最著名的是李惠堂。

李惠堂，祖籍广东五华县，出生于香港。青少年时代他曾进香港皇仁书院读书，酷爱足球运动，技能出众。1921年，他进入南华会足球队甲级队，被人称为香港的"球怪"。

还有个值得一提的是后卫谭江柏，他的儿子就是后来香港歌坛巨星谭咏麟。谭咏麟除了歌艺超群，还继承了父亲的足球天赋，在香港明星足球队中担当主力队员。

李惠堂

首战英国

    足球队中人才济济，最著名的是李惠堂。

    中国足球队是当时的亚洲超级强队。不过不巧的是，他们迎战的第一支队伍居然就是现代足球的鼻祖英国队！

    亚洲强队遇到世界强队，结局会如何呢？

下半场比赛中，双方争夺更加激烈。

中国队队员体力明显下降。

第13分钟，中国队全线压上，被英国队趁机反击。

左边锋长驱直入，攻入了一球。英国队1：0领先。

嘭！

10分钟后，英国中锋带球杀入，一脚劲射。

大门再次被攻破，英国队基本锁定胜局。

最终，中国队以0：2负于英国队。

尽管如此，中国队却得到当地媒体的高度评价，认为如果分组时不碰上英国队，至少可以进入第二轮。中国足球水平不亚于欧洲。

光彩夺目的中国裁判舒鸿

尽管中国代表队战绩不佳，但那届奥运会篮球决赛上执法的中国裁判却光彩夺目，他就是舒鸿。

舒鸿（1894~1964），浙江慈溪人。他早年赴法国勤工俭学，后留学美国在春田学院体育系，主修篮球规则和裁判法，毕业后进入克拉克大学攻读研究生，获得卫生学硕士学位。回国后，他曾在浙江大学、东南大学、之江大学任体育教授。新中国成立后，他先后担任浙江师范学院体育专修科主任、浙江体育学院院长和浙江省体委副主任等职务。

舒鸿在决赛中执法

舒鸿以中国男子篮球队助理教练和裁判员的双重身份随团参加那届奥运会。当时，实力超群的美国和加拿大两强进入篮球决赛，预示着这场比赛的执法难度极大。经过中国代表团的举荐，尤其是得到篮球发明者詹姆斯·奈史密斯博士的赏识，舒鸿担负起执法男篮决赛的重任。由此，他成为中国最早获得篮球国际裁判称号的人，也是执法奥运会男篮决赛的唯一一名中国裁判员。

《大公报》曾以《美·加篮球决赛 我国舒鸿执行裁判》的大字标题报道此事："最后为主力战，美国对加拿大，大会特请我国教练舒鸿任裁判。舒鸿心明眼快，裁判公正。"另有文章指出，舒鸿担任此届奥运会篮球决赛的裁判，颇得各方的赞许，这是中国代表团在这届奥运会上得到的唯一荣誉。

中国武术大放异彩

中国国术队表演

奥运会开幕前夕，中国国术队应邀到汉堡参加大会组委会安排的世界各国民间传统体育运动的表演交流活动，然后又到汉堡动物园内的广场参加竞赛表演。中国国术队选手一登场，就令观众兴奋不已。张文广的正宗查拳、女选手刘玉华的双刀、女选手符淑云的"绵掌"、郑怀贤和寇运兴的"龙虎对棍"、温敬明与张文广的"空手夺枪"等，让观众看得如痴如醉，掌声雷动。汉堡市市长向国术队赠送纪念杯以表谢意。

奥运会开幕后，中国国术队又进行了两场表演。中国国术队的表演大获成功，引来当地媒体的如潮好评。他们纷纷称赞中华国术"是艺术中的精品，是体育中的骄傲"。欧洲的体育专家称中华国术"集有艺术、搏斗、舞蹈三大特点，世界任何方式的运动都无法与其相比"。一位美国记者说："我从未见过如此妙不可言的体育艺术。它是体育，又是军事技能……毋庸置疑，它是古老东方文明中的精华。"

2008年北京奥运会，武术终于走下表演的舞台，被正式列为比赛项目。

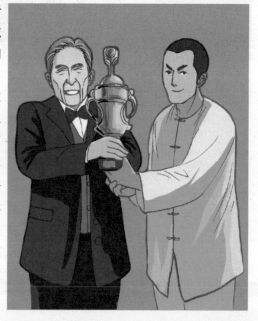

中国武术好评如潮

从失败中前进

第11届奥运会结束后，中国代表团于9月1日离开德国，并在10月3日抵达上海。

如何看待中国首次组团参加11届奥运会的表现、结果及其意义，中国以体育界为主的各方展开了认真的反思，为推进体育事业的发展进行了有益的探索。正如《大公报》社论所说："自10日篮球之败，中国出席世运会选手已终结任务。国人鉴此成绩，对今后国民体育问题，亟宜作真挚之考求。"

中国组团参赛体现了"重在参与"的奥运精神，并且基本达到了锻炼队伍，展现中国新形象，宣传中国优秀传统文化，加强与各国运动员的友好交流，学习外国体育的先进经验的目的。

而28年前的"奥运三问"中的第二个问题——"什么时候中国能派出一成绩优秀的运动队去奥运会"也算是有答案了。

4

JIAN NAN ZHONG
艰难中

ZAI ZHAN LUN DUN AO YUN HUI
再战伦敦奥运会

举步维艰的筹备工作

XIV TH OLYMPIAD

LONDON 1948

1947年初，中华全国体协收到第14届伦敦奥运会组委会的邀请函。全国体协召开常务理事会，研究组织奥运代表团的筹备工作。

为了解决参会经费，中华全国体育协进会不得不成立了一个筹款委员会，推选包括王正廷和孔祥熙在内的7位体育领袖和社会名流为委员，向政府、社会人士和华侨筹集预算总额为15万美元的参赛经费。

社会人士和华侨的捐款都已到账，只有早在1948年2月18日就向国民党政府呈报的5万美金还迟迟未能落实。这时国民党政府已经深陷内战泥潭，远没有12年前那么热心体育事业。后来在张伯苓和王正廷的再三催讨下，国民党行政院长张群急了，竟两眼一瞪说："钱，没有，命还有一条！"张、王二人也怒目道："不给钱，我们给你两条命！"

身为行政院长的张群的命固然轻易送不得，南开之父张伯苓和前外交部长王正廷的命当然也不是说送就能送的。几位大人物为了奥运经费不惜在衙门口大放"狠话"，上演类似民工讨薪的经典一幕，不但空前，恐怕也将绝后。

这场令人哭笑不得的"赌命"筹款一直僵持到1948年5月10日，行政院才批给50亿法币，约合美金2.5万元。由于通货膨胀很严重，当6月4日全国

体协领到这些法币时，早已不值几个钱了。为了争取政府批准拨款时的牌价兑换外汇，总干事董守义不辞辛苦地四处奔走，先后到各政府部门40余次，在南京与上海之间跑了25个来回，耗时4个月零4天，才拿到只够原计划一半的政府拨款。

🌸 董守义在筹款

全国体协最终所获筹款额仅为经费预算的1/3，所以只好压缩代表团的规模。由于因特殊关系入团的人不能变动，唯一的办法是减少运动员人数。

国旗始终不能飘起

　　由于经费紧张，和11届奥运会一样，14届仍然由足球队领先出发，在前往英国的途中打比赛，靠门票收入筹集资金。身在国外的游泳选手吴传玉和自行车选手何浩华，则分别从印尼和荷兰自费前往伦敦参赛。

　　❀足球队靠表演赛
　　　门票筹集路费

❀中国代表团在美国异常艰苦

中国代表团抵达伦敦后，被组委会安排住进由英国兵营改造的奥林匹克村内，4人一居室，设备条件较好。然而，代表团根本支付不起奥运村的住宿费，只好向组委会申请借住郊区一所简陋的小学。在这里，队员们吃的都是半年前从国内运来的大米、咸鱼、榨菜、粉丝等。

　　尽管如此艰苦，热情的小学校长还是认真地为中国代表团主持了升国旗仪式。可惜那张破旧唱片发出的国歌声时断时续，颤颤悠悠，令人扫兴。

荷兰华侨何浩华

　　8月7日，开始进行自行车比赛。荷兰华侨何浩华再次代表中国参加自行车1000米争先赛的预赛。参加该项比赛的共有21人，每2人一组。何浩华在第2组，对手是比利时选手范德维尔。两人旗鼓相当，快到终点的时候，何浩华和范德维尔只有一轮之差，车速高达每小时120英里……

第14届伦敦奥运会，自行车比赛

荷兰华侨何浩华代表中国参加比赛。

比赛开始!

加油!！！

何浩华突然加速。

哇哦!

加油!

何浩华速度惊人！就快赶上比利时选手了！

他们齐头并进！胜利在望了！

哒哒哒哒……

最后关头，何浩华不幸与比利时选手相撞，造成锁骨骨折，不得不退出比赛。

我不能为国争光了！

呜~~

002

▶ 尴尬的归途
王正廷借钱回家

　　出席第14届奥运会的中国代表团始终陷于经费缺乏的困境中，苦苦支撑到比赛结束时，代表团就连回国的路费都没有了。总领队王正廷不得不想方设法，四处奔走筹款。

中国代表团始终陷于经费缺乏的困境中，比赛结束时连回国的路费都没有了。

足球队先行离英，中途靠表演赛自筹资金还债。

王正廷找当时的驻英大使郑天锡和中行伦敦支行经理夏秉云借钱。

二位好！有点事需要你们帮忙。

你好！

你好！

我们经费非常紧张，外汇已经所剩无几了，政府那边说不能追加，所以……

您能替我们出面向伦敦的中国银行借点钱吗？

哦，这样的啊……

出面是可以的，不过你有偿还能力吗？

我王正廷难道连这点信用都没有吗？

英国朋友也不会看我们流落在此，他们会替我们设法捐钱。

王先生，你若能捐得英国人的钱，我马上跪下向你磕头！

这可是你说的！

你好！我需要汇钱……

刚好当天有位英国朋友给王正廷捐了一笔钱，支票就带在他身上。

哼！

唰！

睁开你的狗眼看清楚了！快给我跪下！

……！！！

王先生，有话好好说嘛。

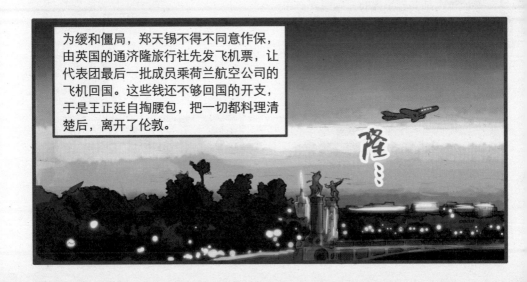

为缓和僵局，郑天锡不得不同意作保，由英国的通济隆旅行社先发飞机票，让代表团最后一批成员乘荷兰航空公司的飞机回国。这些钱还不够回国的开支，于是王正廷自掏腰包，把一切都料理清楚后，离开了伦敦。

隆

沉重的"鸭蛋"

1948年上海某杂志刊登的漫画,表现参加14届奥运会的中国选手举着"鸭蛋"回国

许多仁人志士近半个世纪艰难跋涉的中国奥运之路,虽然也曾给国人带来一些希望,但更多的还是遗憾和失望。1948年8月下旬,当中国代表队历尽艰辛,惭愧地回到上海时,中国社会正发生着翻天覆地的变化。

中国人的奥运历史,即将翻开新的一页。

XIN ZHONG GUO

新中国

OU ZHE DE AO YUN ZHI LU

曲折的奥运之路

奥运会场升起五星红旗

▶ 新中国国家奥委会成立

在中国共产党的领导下，中国人民推翻了国民党政府的统治，取得新民主主义革命的胜利，并于1949年10月1日成立了中华人民共和国。

1949年10月27日，全国体育工作者代表大会在北京辅仁堂召开。大会议决将原"中华全国体育协进会"改组为"中华全国体育总会"，对外代表中国奥林匹克委员会，主要任务是举办全国性的运动竞赛，负责与国际组织的联系，举办或代表中国参加国际体育竞赛活动。

在全国体总筹备委员会的主持下，新中国的体育运动蓬勃开展，中外体育交流也日渐增多。

全国体育工作者代表大会

▶ 两个中国奥委会

此间，原中国体育协进会部分成员随国民党政权迁往台湾，于1951年宣布复会。由于理事长王正廷定居香港，会务由总干事郝更生代理。该会依然保持与国际奥委会的联系，而且向奥委会声称，中国奥委会26名委员中已有19名迁移台湾，并将办公地址从南京迁到台湾新竹西门街147号。

1952年2月初，芬兰驻华大使向中国外交部表示，芬兰希望中国派运动员参加7月在赫尔辛基举行的第15届奥运会。同时，苏联驻华大使罗申也告知中华全国体总筹委会主任马文彬，台湾的原全国体协已报名参加第15届奥运会。

2月5日，全国体总筹委会致电国际奥委会，表示将派代表团参加第15届奥运会，声明中华全国体育总会是代表中华人民共和国的唯一合法体育组织。

面对中国内地与中国台湾的两个"中国奥委会"，谁将作为中国的合法代表出席第15届奥运会，以埃德斯特隆为主席的国际奥委会在复杂的国际局势压力下，显得态度暧昧，犹豫不决。

1952年7月16日，国际奥委会第47届全会在赫尔辛基举行，中国的3位委员王正廷、孔祥熙、董守义均未到会，中华全国体育总会的代表盛之白和台湾"中华全国体育协进会"的代表郝更生出席了会议。

会议讨论了所谓"中国奥委会"问题，盛之白发言，谈到自己代表4亿中国人民发言，台湾的体育组织根本没有权力代表中国。他强烈要求国际奥委会立即邀请中国体育总会参加第15届奥运会。郝更生则坚持台湾的"全国体协"与国际奥委会保持了多年的良好关系，是唯一由国际奥委会认定的合法代表。会议对关于中国的两个提案进行表决，最后决定中国的两个奥委会都可以派运动员参加赫尔辛基奥运会。对于这个结果，双方都反应强烈，表示抗议。

埃德斯特隆态度暧昧

受邀参加第15届奥运会

7月18日晚，中华全国体育协会接到第15届奥委会组委会主席、赫尔辛基市长佛兰凯尔的来电，邀请中国的运动员参加第15届奥运会。此时距奥运会开幕仅剩几个小时了。

接到佛兰凯尔的来电

知道这个消息后，全国体总秘书长荣高棠赶紧召集有关人员会商应对办法。去还是不去？荣高棠深知这件事关系重大，立马向政务院总理周恩来报告，同时写明了准备放弃参加第15届奥运会的理由。

7月19日，荣高棠收到中央政府的紧急批件，上面写着："要去。请主席、少奇同志阅——周恩来。"此件后经毛泽东和刘少奇圈阅同意。

荣高棠去向周总理报告

▶ 赫尔辛基红旗飘扬

荣高棠立即照办，仅3天时间，就在各方面的大力支持下，火速组建了出席第15届奥运会的中国代表团。由于时间紧迫，许多运动员是在训练场上接到紧急通知后集合到一起的，都倍感突然。体总为代表团成员准备了统一的服装。

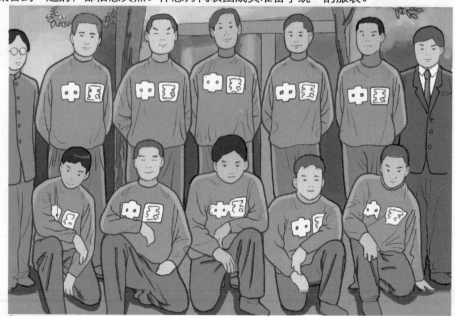

第15届奥运会的中国代表团

　　7月25日凌晨5时，中国体育代表团一行从北京西郊机场分乘3架飞机，飞往赫尔辛基。7月29日上午11时，抵达赫尔辛基国际机场。

　　当日中午12时30分，按惯例在奥林匹克村为中国代表团举行了升国旗仪式。当五星红旗伴随着《义勇军进行曲》冉冉升起的时候，全团成员都心潮激荡，无比振奋，许多人都热泪盈眶。

　　升旗仪式结束后，荣高棠激动地说："虽然我们来迟了，但我们终究来了。我们带来的是和平的愿望和良好的友谊。我们将与各国运动员会见。我们深信这种会见将增强新中国运动员与各国运动员之间的相互了解和友谊。"

暂别奥运

▶坚持一个中国立场

　　1952年8月，第15届奥运会结束后，全国体总继续为获得在国际奥委会中的合法地位而努力。

　　1954年11月2日，国际奥委会向大陆和台湾的两个"奥委会"同时发出参加1956年墨尔本第16届奥运会的邀请。对此，以大陆的中华全国体育总会为代表的中国奥委会再次提出严正抗议，重申中华全国体育总会是唯一能代表中国人民参加奥运会的合法机构。

　　1955年6月，中国奥委会（全国体总）的代表荣高棠、张联华和董守义到巴黎参加国际奥委会会议。会上，他们对国际奥委会保持大陆和台湾两个中国奥委会的做法，表示了强烈的不满，并进行了不屈不挠的抗争。

中国只有一个

坚持一个中国立场

　　1955年6月11日，中国奥委会的代表荣高棠、张联华和董守义到巴黎参加国际奥委会会议。会前，当荣高棠看到签到的名单上有台湾的"中华体育协进会"的名称时，便信手用笔将其划掉，然后签上"中华人民共和国中华全国体育总会"。布伦戴奇发现后大发雷霆，恶狠狠地责问是谁划掉的。荣高棠当即站起来义正词严地回答他：台湾是中国的一个省，不能代表中国参加任何国际组织和国际会议。

　　最终，布伦戴奇以"国际奥委会不谈政治"为由拒绝了荣高棠的要求。

中国奥委会的代表荣高棠等参加巴黎国际奥委会会议。

日本XXXX体育总会
韩国XXX体育XX会
台湾体育协进
澳大利亚XXX

什么？怎么还有台湾奥委会？太不像话了！

划掉……

这是怎么回事？

今天我发现了一个非常严重的问题！

有人竟然私自修改签到名单上的名字！实在是太恶劣了！

这是哪个国家的代表干的呢？！

是我！根据《奥林匹克宪章》，在一个国家内只能承认一个全国性的体育组织……

别说了，万一争起来你们会吃亏的！

前苏联的代表

与王正廷短暂的会面

    此次会议休息期间，董守义与王正廷进行了短暂的会面。董守义向王正廷简要地介绍了国内体育事业的发展情况，并告诉他国内体育界的朋友都很惦记他。

第50届奥委会全会休息期间，董守义与王正廷两次短暂会面。

王先生，这次参加会议有什么提案吗？

没有，我已经74岁了，如果不是夫人陪着，是不会来的。

我们国家闹成这样了，我很痛心啊！

我们过去所梦想的体育事业现在正在逐步实现中，您可以回国看看。

这些我也知道，我十分想念祖国和国内体育界的朋友们……

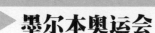

▶ 墨尔本奥运会

接到国际奥委会的邀请，中国奥委会（全国体总）便开始积极准备组团，参加1956年11月至12月在澳大利亚的墨尔本举办的第16届奥运会。尽管当时中国体育竞技的总体水平不高，但在举重、女子田径和游泳等个别项目上，已经有了冲击奥运会奖牌的可能。全国体总很早就在广州的二头沙建立封闭式训练基地，调集优秀运动员进行训练。

9月7日，中华全国体育总会和参加第16届奥运会筹备委员会，公开发表了致台湾省体育组织和运动员的公开信。信后还附了关于中国台湾运动员参加中国奥林匹克运动队选拔赛的办法。

台湾的体育协进会在收到墨尔本奥组委的邀请时曾宣布，如果大陆参加本届奥运会，台湾将拒绝参加。随后，台湾担心如果大陆参加，台湾不参加，有可能危及台湾在国际奥委会中的地位，因此改变策略，决定抢先组团到墨尔本参加奥运会。

台湾的奥运代表团派出先遣小组，于1956年10月10日前往澳大利亚。他们在10月29日提前到达了墨尔本，随即进驻奥运村，举行升旗仪式。

封闭式训练基地

第五章　新中国曲折的奥运之路

墨尔本升起五星红旗

　　台湾的奥运代表团派先遣小组率先到达墨尔本，举行了升旗仪式。但是当旗迎风招展的时候，在场的人都惊呆了，原来升起的是中华人民共和国国旗——五星红旗。

　　后来才知道，在台湾代表团准备升旗的前一天，一位不知名的中国人很有礼貌地向管理国旗的职员查询第二天要升起的国旗。当该职员出示"青天白日旗"时，这位陌生人指出这是一个错误，应该升起新中国的"五星红旗"。因此这位诚实的澳大利亚职员就以五星红旗欢迎来自台湾的中国运动员。

1956年10月，
墨尔本 奥运村

怎样才能让我们的青天白日旗抢先升起呢？

你们可以在奥运村开幕的第一天就升旗啊。

好主意！

10月29日，
台湾代表团升旗仪式

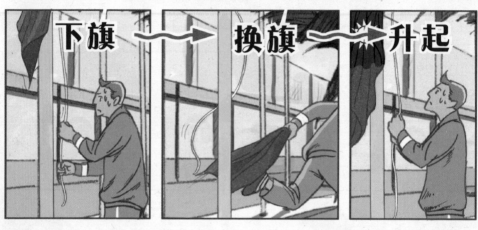

▶与国际奥委会断绝关系

　　中国代表团的董守义等先遣人员由于交通问题，不得不拖到11月初才离开广州，11月2日到达悉尼。这时他们得知台湾体协人员已经入住奥运村，并升起了"国民党政府"的旗帜。4日他们到达墨尔本后发现，中国台湾体协还以"福摩萨中国"的名义在那届奥组委注册了。问题极为严重，情况极为紧急！

　　中国奥委会坚持"一个中国"原则不动摇。11月6日，新华社播发了中国奥委会的严正声明，宣布由于国际奥委会违反奥运会宪章，坚持邀请台湾地区单独派遣运动员参加第16届奥运会。在这一问题没有得到合理解决之前，中国运动员不会参加第16届奥运会。同时，荣高棠通知国际奥委会主席布伦戴奇，中国将不参加墨尔本奥运会，并阐明：尽管中国为准备此次奥运会花费了大量的人力和财力，但国际奥委会还坚持邀请台湾地区派队参赛，为此我们不能牺牲"一个中国"的原则。

　　中国奥委会退出第16届墨尔本奥运会后，继续对国际奥委会搞"两个中国"的错误行为进行抗争。8月9日，董守义最后一次致信布伦戴奇，"为了维护奥林匹克的精神和传统，我们正式声明拒绝与你合作，拒绝与你把持的国际奥委会发生任何联系"。同一天，中国奥委会（中华全国体育总会）在北京发布与国际奥委会断绝关系的声明。

❀台湾体协率先进驻奥运村

❀中国奥委会宣布与国际奥委会断绝关系

自力更生的中国体育运动

▶ 新中国体育大发展

1958年8月与国际奥委会断绝关系后，国内体育运动不但没有停滞倒退，反而生机勃勃，屡创佳绩。新中国成立后，由于党和政府的重视，国内掀起了空前的群众性体育锻炼热潮。尤其是在苏联体育专家的帮助下，经过中国教练员和运动员的努力，中国体育竞技水平有了长足进步，一些项目达到或接近世界先进水平，并创造了一批好成绩。

🏅 国内掀起体育热潮

继1953年吴传玉在国际比赛中为新中国摘得第一枚金牌后，广东运动员陈镜开于1956年在中苏举重友谊赛中，以133公斤的成绩打破由美国人保持的最轻量级双手挺举132.5公斤的世界记录，成为新中国打破世界记录第一人。此后，他相继8次打破世界记录，并于1987年被国际奥委会授予奥林匹克铜质勋章。

🏅 新中国打破世界记录第一人——陈镜开

第五章 新中国曲折的奥运之路

中国健儿捷报频传

1963年2月21日，中国速滑选手王金玉、罗致焕在日本东京清井泽举行的第57届世界男子速滑比赛中打破男子速滑全能世界记录。罗致焕还在1500米的比赛中，获得世界冠军。

1970年11月8日，中国田径运动员倪志钦在长沙举行的田径比赛中，以2.29米的成绩打破由苏联选手保持的男子跳高世界记录。

同年11月17日，山东姑娘郑凤荣在北京田径运动会上，成功地跳过了1.77米，打破了由美国运动员丹尼尔保持的1.76米的跳高世界记录。美联社的记者惊叹：一位20岁的中国姑娘，在北京以有力的一跳警告世界田径界，6亿中国人不会永远是落后选手。

1960年5月25日，中国登山队的王福州、贡布、屈银华登上世界第一峰——珠穆朗玛峰。

1976年6月，中国羽毛球队在杭州举行的第1届羽毛球世界杯和第2届世界羽毛球锦标赛上，荣获男女团体、男女单打和男子双打的5项冠军。

从1958年到1979年，中国与世界上100多个国家进行了3000多项体育交流活动，在一定程度上打破了某些国际体育组织对中国的封锁。

国际乒坛扬眉吐气

中国于1953年加入国际乒乓球联合会。国际乒联是中华全国体育总会没有退出的少数几个国际体育组织之一。1956年，荣高棠参加国际乒联会议，遇到台湾乒协再次申请入会的问题。对此，周恩来总理曾经指示，可以根据国际乒联章程中关于局部地区可以加入国际乒联的规定，同意台湾的乒乓球联合会作为中国一个省的团体，参加国际乒联。周总理的指示显示了在国际体坛解决台湾问题的一个新思路和新策略，为以后恢复中国在国际奥委会的合法地位起了关键性的指导作用。

周恩来

乒乓中国兵兵中国

1957年在瑞典斯德哥尔摩举行的第24届世界乒乓球锦标赛上，中国男队勇夺第3名，王传耀曾打败世界头号选手日本的狄村伊智郎，力克欧洲冠军别尔切克，声震乒坛。

但他并未惊慌，冷静地抓住对手西多的弱点，及时调整战术，一鼓作气，连胜三局，结果以3:1打败西多。

1959年春，中国参加了在联邦德国多特蒙德举行的第25届乒乓球锦标赛。在比赛的最后阶段，荣国团先失一局。

　兵 兵 中 国 兵 兵 中 国

荣国团获得了这届世界乒乓球锦标赛男子单打的冠军。这是中国乒乓球的第一个世界冠军！

国际乒联大会经投票表决，通过第26届世界乒乓球锦标赛在中国的北京举行。

1961年4月4日至15日，第26届世界乒乓球锦标赛在新落成的北京工人体育馆举行。

乒
兵
中
国

乒
兵
中
国

1971年3~4月在日本名古屋举行的第31届世界乒乓球锦标赛开赛前夕，周恩来总理在召集有关人士开会时要求，这次参赛会"接触许多国家的代表队"，"我们也可以请他们来比赛"，同时还要求在座的人"动动脑筋"。

庄则栋结识美国运动员科恩

一天，中国队乘巴士从住地去体育馆，美国运动员科恩上来搭车，于是中国运动员庄则栋主动和他握手、寒暄，并送他一块中国杭州织锦留作纪念。这个细节被在场记者抓住，成为了一则爆炸性新闻。

4月3日，中国外交部以及国家体委就是否邀请美国乒乓球队访华问题向中央请示。经过3天的反复考虑，毛泽东在比赛闭幕前夕决定邀请美国队访华。

次日，美国国务院接到驻日本大使馆《关于中国邀请美国乒乓球队访华的报告》，立即向白宫报告。尼克松深夜得知这个消息后，立即发电报给美国驻日大使，同意中方的邀请。

事后尼克松说："我从未料到对中国的主动行动会以乒乓球队访问北京的形式得以实现。"

美国总统尼克松

1971年4月10日，美国乒乓球代表团和一小批美国新闻记者抵达北京，成为自1949年以来首批获准进入中国境内的美国人。

❀ 美国乒乓球队抵达北京

14日，周恩来在人民大会堂接见美国乒乓球队时说："你们在中美两国人民的关系上打开了一个新篇章。我相信，我们友谊的这一新开端必将受到我们两国多数人民的支持。"

1972年4月11日，中国乒乓球队回访美国。

❀ 受到隆重接待

中美两国乒乓球队互访轰动了国际社会，成为举世瞩目的重大事件，被媒体称为"乒乓外交"。从此结束了中美两国20多年来人员交往隔绝的局面，使中美和解随即取得历史性的突破。

1972年2月21日，尼克松访华，中美关系终于走上了正常化的道路。

❀ 毛泽东会见尼克松

中国台湾参加的7届奥运会

1958年8月，中国奥委会与国际奥委会等国际体育组织断绝关系后，中国台湾的"奥委会"长期占据中国在国际奥委会等国际体育组织中的席位。从1956年至1979年，中国台湾的运动员先后参加了5届夏季奥运会和2届冬季奥运会，田径运动员杨传广和纪政曾获得优异成绩。

杨传广（1933~2007），台湾省台东人，美国洛杉矶加州大学体育系毕业。1960年8月，第17届奥运会在意大利的罗马举行。杨传广参加了十项全能的比赛，并以总分8334分的成绩，打破奥运会记录，屈居亚军，获得1枚银牌。这是中国人参加奥运会以来获得的第一枚奖牌，为中华民族增添了巨大的荣誉。

纪政，台湾省新竹人。1963年1月，她首次参加室内比赛，就以6秒5的成绩打破女子低栏的世界记录。1966年，在第19届奥运会上，纪政以10秒4的成绩获女子80米栏铜牌，成为中国奥运史上第一个获得奖牌的女子。在1970年2月至7月，她曾连续打破7项世界记录，轰动世界，被誉为"飞跃的羚羊"。国际体育新闻界将1970年称为"纪政年"。

重获奥运会的合法地位

1959年5月，国际奥委会的第55届年会在联邦德国的慕尼黑举行，会上再次讨论中国问题。以绝大多数委员赞同的结果通过决议，设在台北的"中国奥委会"因其无法领导全中国的体育，所以不能以"中国奥委会"的名称继续接受承认，必须换一个名字。从那以后，给中国台北的"奥委会"取名字，成了国际奥委会的长期作业，逢开会就讨论。如此修来改去，差不多花了10年时间，那时国际局势已经发生了翻天覆地的变化。

20世纪70年代初，国际局势风云变化万千。"乒乓外交"之后中美关系解冻，美国总统尼克松访华，承认台湾属于中国，支持中国恢复在联合国的席位。1971年10月的联合国大会以压倒性的票数通过决议，恢复中华人民共和国在联合国的一切合法权利。

尼克松访华

1972年，85岁的布伦戴奇在国际奥委会年会后退休，改任国际奥委会的名誉主席，爱尔兰人基拉宁当选国际奥委会第6任主席。基拉宁很早就表态："我的雄心就是要解决中国问题，使中国回到奥林匹克的怀抱是我的最大愿望。"

基拉宁

1972年初，伊朗方面曾与中国接触，希望中国参加将于1974年在伊朗举行的第7届亚运会。他们表示将运用东道主和亚运会联合执委会主席的有利地位，妥善解决中国的代表权问题。

11月，日本奥委会发表关于中国代表权问题的"统一见解"，指出只有中华人民共和国的体育组织能代表全中国的体育界。

1978年4月，国际奥委会第一副主席萨马兰奇来华访问。萨马兰奇认为：不能忽视8亿中国人民和运动员。中国代表权问题在国际奥委会中得不到解决是不合理的。他愿为改变这一状况而努力。

萨马兰奇

根据"一个中国"的原则，确认中华人民共和国奥委会的会籍；并根据台湾地区的现实情况，在改名、改旗和徽、改歌的条件下，同意台湾的体育组织作为中国一个地区的组织保留会籍。在大量的努力之下，中国大陆、中国台湾、国际奥委会3方终于达成共识，阻隔亿万中华儿女同享奥运赛场的最大障碍终于扫除。一个期盼已久的新时代即将到来。

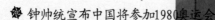

钟帅统宣布中国将参加1980奥运会

❋ 参加冬奥会

　　1980年2月，第13届冬奥会在美国的普莱西德湖举行。中国奥委会应邀派团参加了这届冬奥会。这是中国奥委会恢复合法权利后第一次参加冬奥会，派出了由36人组成的代表团。当中国运动员高举五星红旗走进会场时，"中国！中国！"的欢呼声响彻全场。　些从美国各地赶来观看比赛的华侨激动万分，挥舞着五星红旗，欢呼雀跃。

❋五星红旗重现奥运赛场

❋ 抵制第22届莫斯科夏季奥运会

　　1980年7月，第22届夏季奥运会在苏联首都莫斯科举行。为了参加夏季奥运会，中国运动员足足等了28年。大家精神振奋，摩拳擦掌，准备在奥运会上大显身手。

　　然而，中国人的奥运之路似乎注定要再曲折一些。1979年12月，苏联悍然出兵入侵阿富汗。苏联的侵略行为遭到国际社会的普遍谴责。作为象征和平、友谊的奥运会的主办国，苏联的这种行为最终导致了抵制行动。包括中国在内的许多国家都发表声明，宣布抵制这届奥运会。1980年7月，莫斯科奥运会如期举行，在国际奥委会的140多个成员国中，进行抵制的有65个国家，参加这届奥运会的有80个国家和地区，开幕式上场面颇为冷清，令这届花费了将近90亿美元的奥运会黯然失色。

　　而中国人还要再等四年！

　　在莫斯科奥运会期间还发生了一件重要的事情，国际奥委会召开了第83届全体会议。基拉宁任满，西班牙人胡安·萨马兰奇得到多数委员的支持，顺利当选国际奥委会的第7任主席。

　　这位对于中国来说意义非凡的奥林匹克先生适时降临，正好可以完整地见证中国在奥运之路上的辉煌。

萨马兰奇

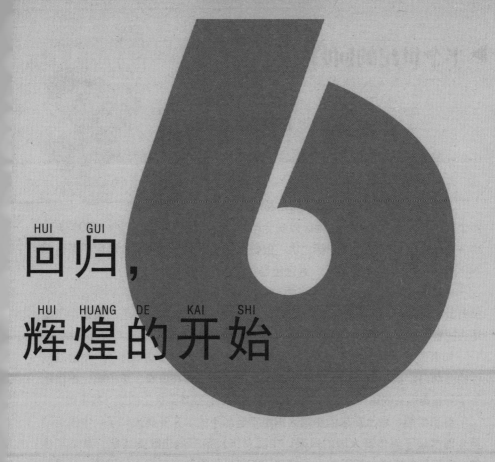

HUI GUI

回归，

HUI HUANG DE KAI SHI

辉煌的开始

▶半个世纪的回归

洛杉矶奥运会吉祥物
——山姆鹰

1984年，第23届奥运会在美国洛杉矶隆重召开。尽管开赛前两个月，苏联等16个国家和地区以安全问题为理由拒绝参加，以报1980年美国带头抵制莫斯科奥运会的一箭之仇，但参加这届奥运会的国家和地区仍然达到140个，参赛运动员共6797人，远远超过以往各届的规模。

中国奥委会派出了拥有225名运动员的庞大代表团，中国台北奥委会派出了拥有67名运动员的代表团。时隔32年，海峡两岸的中华儿女终于一起走上了奥运会的赛场。

如果说命运是一个导演，那么他为这场漫长旅途的回归安排了一个最戏剧性的开场白。第一天的比赛才刚刚开始，中国运动员许海峰一声枪响，不仅拿下了那届奥运会的第一枚金牌，也拿到了炎黄子孙在奥运会上的第一枚金牌！

卧薪尝胆、卷土重来的中国人再也不是当年的"东亚病夫"了！中国运动员全面展现了其体育大国的风采。中国女排直落三局击败美国队，拿下了金牌，实现了三连冠（1981年世界杯和1982年世界锦标赛冠军）的夙愿。体操比赛中，李宁在自由体操、鞍马、吊环中1人夺得3枚金牌，此外，还得了两枚银牌和1枚铜牌，成为那届奥运会获奖牌数最多的运动员……

全世界惊讶地发现：中国人真的回来了！

▶传奇运动员——许海峰

许海峰，中国奥运史上第一枚金牌获得者，瞬间成为全中国以至全世界的名人。1957年8月10日，许海峰出生于福建，祖籍安徽省和县。他从小喜欢用弹弓打鸟，弹无虚发，人称"弹弓大王"。小时候的许海峰有一个理想，就是长大了去当兵，成为一名神枪手。

1975年，18岁的许海峰下乡成了一名知青，同年加入共青团。那时，他省吃俭用，花几十块钱买了一支气枪。

1979年，他进入巢湖地区射击队，只训练了两个月就在安徽省第4届运动会上夺得金牌。不久，许海峰回城默默无闻地当了3年供销社销售员。

1982年，距离洛杉矶奥运会还有两年时间，许海峰一如既往地每天在化肥仓库盘点一袋袋气味刺鼻的化肥，谁也想不到供销社的化肥销售员和奥运会冠军之间会有什么联系。然而，命运决定在这里绽放他不可思议的微笑。

1982年，许海峰再度进入地区射击集训队。3个月后，他就用一把国产的只值60多元人民币的"最差的枪"，击败了那些训练多年、使用精度极高的联邦德国手枪的省队队员，夺得安徽省第5届运动会的射击冠军，而且一下子把省记录提高了26环。挟着这股凌厉锐气，短短两年内许海峰连破记录带拿冠军，从地区射击集训队一直升入国家队。

1984年，许海峰进入国家射击队，任训练中心射击队助理教练兼运动员。至此，这位两年前的化肥销售员用火箭般的势头和准头直扑洛杉矶奥运会的怀抱。

传奇运动员许海峰

　　1975年，18岁的许海峰下乡成了一名知青，同年加入共青团。那时，他省吃俭用，花几十块钱买了一支气枪……

1975年，18岁的许海峰下乡成了一名知青。

许海峰你这么积极地挣工分，是不是想存钱找对象啊？

吓!没有的事儿!

他省吃俭用，花几十块钱买了一支气枪。那在当时可是稀罕物。

哈! 以后可以尽情地玩枪啦!

1979年，他进入巢湖地区射击队。

巢湖地区射击队

只训练了两个月就在安徽省第4届运动会上夺得金牌。

不久，许海峰回城当了3年供销营业员。

枪……

几经周折，许海峰又重回射击队。

集训 3 个月后，许海峰被选去参加安徽省第 5 届运动会。

喂，你用的什么枪?

哈! 我这可是德国进口的，精度很高! 你的枪不行的!

赢了!

怪了……

本次射击比赛的冠军是……许海峰同志! 他把我省的省记录提高了26环!

许海峰获得第一枚金牌

　　这一天是值得奥运会纪念的日子，中华炎黄子孙永远不会忘记。

　　许海峰夺得了第23届奥运会的第一枚金牌，也是中国奥运史上的第一枚金牌！

　　对于中国取得的第一枚金牌，颁奖仪式提到最高规格，由国际奥委会主席萨马兰奇亲自颁奖。奥林匹克赛场上第一次升起了中华人民共和国的五星红旗，奏响了中华人民共和国的国歌。

　　奥运会前，队里并没有把许海峰安排成主力队员，大家把希望都寄托在名气更大的王义夫身上。当时，许海峰的教练都没有随团来到洛杉矶。而且由于时差，赛前许海峰的训练状态也不是很好。许海峰笑说："也许就是因为当时没有被推到风口浪尖上，心态比较放松，才在比赛中发挥出了高水平。"

1984年，洛杉矶奥运会，第一枚金牌由自选手枪产生。许海峰参加了那场比赛。

那时的许海峰只经过了两年训练，但他沉着冷静。

那次比赛最有希望拿金牌的是瑞典老将格罗纳·斯卡洛克。他是著名的世界冠军。

砰！

砰！

这个中国人……

呼哧……

砰！

……

砰！

随队教练
黄中

休息室

还是到休息室
等候结果吧，
实在是支撑不
下去了。

砰！

砰！

砰！

格罗纳打完最后一枪！总环数是565！这是个非常惊人的成绩！场上还有最后一位中国选手，他还有机会超过世界冠军。

我现在的总环数是557……只要这最后一枪超过8环就赢了……

加油啊！许海峰！

加油！！

碰！

是9环！

终于结束了！我们赢了！

好样的！

就这样，许海峰终于夺得了第23届奥运会的第一枚金牌，也是中国奥运史上的第一枚金牌！萨马兰奇亲自为他颁发了奖牌。

谢谢！

好样的！

▶让人倾倒的 "小巨人"
——李宁

　　李宁，壮族人，1963年9月8日生于广西柳州。1971年，他被广西体操队教练梁文杰看中，破格收入广西壮族自治区体操集训队。1973年，李宁参加全国少年体操锦标赛，是当时所有参赛选手中年龄最小的一位，身高还没有跳马高，要踩一摞厚厚的垫子才能抓住双杠。但他却拿到了自由体操的冠军和双杠第4名，展示了过人的体操天赋和潜力。

　　1980年，17岁的李宁在全国体操锦标赛上获得自由体操冠军、全能第三，引起国家队教练张健的注意。很快，李宁入选国家队，同年获 "运动健将" 称号。

　　1981年，18岁的李宁获得了世界大学生运动会男子自由体操、鞍马、吊环3项冠军，自此，开创一个体操 "李宁时代"。

"体操王子"李宁

李宁时代

　　洛杉矶奥运会，李宁并不轻松。男子体操团体赛中，尽管他和队友们表现都很出色，但还是以0.6分的微小差距输给了表现更为出色的美国队，只获得了银牌。而在单项决赛中，队友中的名将李月久、李小平已经出局。决赛从自由体操开始，李宁铆足了劲儿首先出场。自由体操是他的强项，他将在这项比赛中，吹响向奥运会金牌发起进攻的冲锋号。其实，在教练的指导下，李宁不断创造着适合自己的高难动作。他会把鞍马上的托马斯全旋移到自由体操中；而练鞍马时，又把托马斯全旋改为托马斯平移。这些移植和改动，让张健惊奇不已，认为这些出其不意的变化，使他的动作独具魅力，以他的功底和灵气，有实力拿冠军。

　　果然，在自由体操比赛中，李宁做出了当时很少有人能够完成的720度旋。接着就是潇洒自如的托马斯全旋，最后空翻两周，落地时像钉子一样纹丝不动。在场的4名裁判，都不约而同地全部打了满分。

　　接下来，李宁一发而不可收。鞍马比赛中，他和美国的维德马尔并列第一；吊环比赛中，又和日本名将具志坚并列第一。

　　李宁，成为中国第一个在同届奥运会上独得3枚金牌的选手，并以3金2银1铜的佳绩成为那届奥运会夺得奖牌数最多的运动员。

在男子体操团体赛中，中国体操队以0.6分的微小差距输给了表现更为出色的美国队。

随后的单项决赛中，李月久、李小平已经出局。夺冠的机会只留给了李宁……

各位观众，这里是第23届洛杉矶奥运会男子自由体操单项决赛现场。

下面入场的是——

中国队的李宁！

现在，只能看我的了。

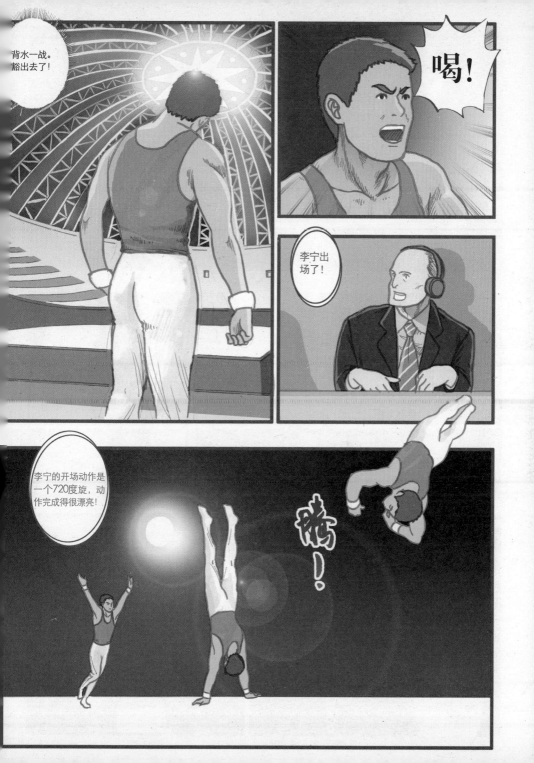

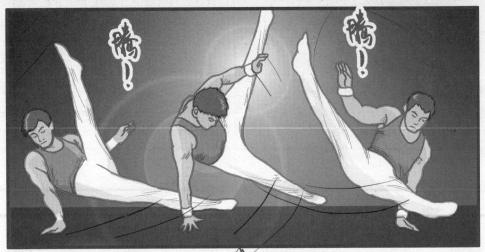

太漂亮了!好潇洒自如的托马斯全旋!

太棒了!李宁!

让我们来看看他的结束动作!

鞍马比赛中，他和美国的维德马尔并列，获得了最高分。

吊环比赛中，他又和日本名将具志坚并列第一。

李宁以完美的表现夺得男子体操单项决赛自由体操、鞍马和吊环3枚金牌。

并以3金2银1铜的佳绩成为那届奥运会夺得奖牌数最多的运动员。

▶女排"三连冠"

🏅 女排赢得"三连冠"

提起当年的中国女排，无论是电视收视率，还是那种足以引起举国沸腾的影响力，都是后来的超女比不了的。那些优秀的队员名字是郎平、张蓉芳、梁艳、周晓兰、朱玲、杨锡兰、侯玉珠、姜英、李延军、苏惠娟、杨晓君、郑美珠……参加洛杉矶奥运会之前，中国女排在1981年首获第3届世界杯女子排球赛冠军，1982年再夺第9届世界女子排球锦标赛冠军。而其中最受瞩目的，无疑是"铁榔头"郎平。

郎平，天津人，1960年12月10日出生于北京。1973年4月，被选入北京工人体育馆少年体校排球班，后入选北京女排二队；1976年，入选袁伟民执教的北京女子排球一队；1978年底，被选入国家队，任中国女排主攻手。历任中国女排副队长、队长、助理教练。

她身体素质好，弹跳力强，摸高可达3.17米，快攻变化多，网上技术突出，以4号位高点强攻著称，凌厉的攻势让她获得了"铁榔头"的昵称。

中国女排在1981年的日本世界杯和1982年的秘鲁世锦赛上的相继夺冠使得国人对她们的奥运之行寄予了极高的期望，"三连冠"成为所有女排教练员、运动员为之奋斗的目标。

中国女排"三连冠"

　　洛杉矶奥运会女排决赛在中国队和美国队之间进行。决赛中第一局，美国队借主场之利，气势如虹、咄咄逼人地与中国队展开激烈厮杀，一度以8:5领先。中国队稳打稳抓，顽强争夺。先追成9平，后以14:13领先，但随后又被美国队追成14平。此时中国队取得发球权，教练袁伟民果断换人，派出"秘密武器"侯玉珠上场……

中国vs美国

决赛中第一局，美国凭借主场之利，气势如虹、咄咄逼人，与中国队展开激烈厮杀，一度以8:5领先。

中国队稳打稳抓，顽强争夺。

加油！

先追成9平，后以14:13领先。

但是，随后又被美国队追成14平。

袁伟民突然喊暂停，请求换人，派上"秘密武器"侯玉珠。

侯玉珠泰然自若，手臂一扬，球飘然悠悠越过球网。

嘭！

眼看就要飞过底线，美国队员判断出界，闪身让开。

让开！
让开！

哪知……刹那间，球突然下坠，恰好落在底线上。

嘣！

啊！ ○○○ ○○○

还没等对方反应过来，侯玉珠的第二个球又已出手！

快！接好！

郎平高高跃起，"铁榔头"一记重扣。

呀！

呵！

落地有声，美国队未能接住。

！！！

嘣

万岁！！

胜利在望了！

中国队士气大增。

中国队士气振奋，越打越强。

美国队则斗志全无，以 3:15和0:15落败。

中国女排实现了"三连冠"的夙愿。

尾声 奥运会，我们回来了！

在洛杉矶奥运会上，中国代表团夺得15枚金牌，位列金牌榜第4。同时获得8枚银牌和9枚铜牌，几十人次进入前8名。

中国人以辉煌的成绩向全世界宣布："奥运会，我们回来了！"

随着洛杉矶奥运圣火的熄灭，中国体育健儿载誉而归，受到中国人民的热烈欢迎和慰问。国内各报刊、电台、电视台和通讯社等媒体纷纷发表评论，高度评价中国体育健儿在此次世界体育盛会上取得的优异成绩。

国运衰，体运衰；国运兴，体运兴。不堪回首的历史一页，已经被我们翻过去了。今天体育的振兴，生动地反映了我们祖国在振兴，在奋进！

洛杉矶奥运会结束了，它留给中国人的是永远不会忘却的自豪和骄傲。

第23届奥运会成为中国走向世界体育强国的新起点。

◈ 载誉归来

回想52年前，那已经褪色了的一幕，地点恰好也是洛杉矶。

中国第一个奥运代表团的唯一一名运动员——刘长春的身影有些孤寂地站在鼎沸的奥运赛场上，和无数强悍的对手战斗："东亚病夫"、"国贫民弱"……那三个巨大的问题，仿佛大山一样压在他的双肩上——

"什么时候中国能派出一成绩优秀的运动员去奥运会？"

"什么时候中国能派出一成绩优秀的运动队去奥运会？"

"什么时候中国能邀请世界各国到北京来举行奥运会？"

从他的眼里看得到答案吗？

时光荏苒，岁月蹉跎，中国人的奥运梦里罕有鲜花和笑声，更多的是炮声隆隆，是漫长的等待，是误解、隔阂、漠视——是曲折艰难的漫漫长路，聊以慰藉的少得可怜的一丁点儿收获，以及对于"什么时候——"的无休止的憧憬。

至此75年前的"奥运三问"中的前两问已经有了答案。我们派出了强大的代表队征战奥运，天下没有人能无视我们的存在。

只有第三问还将继续萦绕在我们心头。

中国人的辉煌奥运才刚刚开始……